우리 시대 현대시조 100인선 1

백팔번뇌

최 남 선

태학사

우리 시대 현대시조 100인선   1

백팔번뇌

초판 인쇄 2006년 6월 23일 • 초판 발행 2006년 6월 30일 • 지은이 최 남선 • 펴낸이 지현구 • 펴낸곳 태학사 • 주소 경기도 파주시 교하읍 문발리 파주출판도시 498-8 • 전화 (031) 955-7580 (代) • 팩스 (031) 955-0910 • e-mail thaehak4@chol.com • http://www.태학사.com • 등록 제406-2006-00008호

ISBN   89-5966-067-1   04810 • ISBN   89-7626-507-6   (세트)

감옥에서의 육당

강화 유적순례중에 (중앙에 있는 분이 육당)

효제동 시절에 (뒷줄 왼쪽부터 사위 강건하, 장남 한인, 차남 한웅, 삼남 한검. 앞줄 왼쪽부터 따님인 한옥, 육당, 부인 현영채 씨, 외손녀 강옥임, 외손자 강호)

육당이 손수 편집발행한 잡지인 『소년』, 『청춘』

차례

제3부 날아드는 잘새
－안두삼척(案頭三尺)에 제가 저를 잊어버리는 36수

제1부 동청나무 그늘

―님 때문에 끊긴 애를 읊은 36수

동청나무 그늘

생각하여보면 이때까지의 나는 꽃동산 같은 세상을 모래밭으로 걸어나왔다. 다만 뙤약볕이 모래알을 들볶는 듯한 반생의 지낸 길에서 그래도 봄빛이 마음에 떠나지 아니하고 목마르고 다리 아픈 줄을 도무지 모르기는 진실로 진실로 내 세계의 태양이신 그이―님이라는 그이가 있기 때문이었다.

여기 뽑은 몇 마리는 그를 따르고 그리워하고 그리하여 가까웠다가 멀어지기까지의 내 마음과 정곡을 그대로 그려낸다 한 것이니 조금만큼이라도 엄살과 외누리를 끼우지 아니하였음이로다. 매양 붓을 들고는 너무도 글 만드는 재주 없음을 짜증짜증 내다가 그 만분의 만분지 일이라도 시늉할 듯만하여도 미덕으로 알고 적고 고치던 것이다.

그이는 이미 늙었다. 사랑의 우물이 든 그의 눈에는 뿌연 주름이 비추게 되었고, 어여쁨의 두던이던 그 두볼은 이미 찾을 수 없는 나라로 도망가버렸다. 그러나 그에게 대한 그리움과 애끊김과 바르르 떨리며 사족 쓸수 없기는 이때 더욱 용솟음하고 철철 넘친다. 엷은 슬픔에 싸인 뜨거운 내 회포여! 이것이 실상 내 청춘의 무덤이거니하면 늙은 것이 님뿐도 아니다!

누구에게 있어서든지 하치아니한 것이라도 자갸 독자(獨自)의 생활(生活)만치 끔찍 대단한 것이 없을 것입니다. 그 속에는 남모르는 설움도 있거니와 한 옆에 남 알리지 아니하는 즐거움도 있어서 사람마다의 절대(絶對)한 일세계(一世界)를 이루는 것입니다.

나에게도 조그마한 이 세계(世界)가 있습니다. 그런데 나는 이것을 남에게 헤쳐 보이지도 아니하는 동시(同時)에 그렇다고 가슴속 깊이 감추어 두지만도 아니하였습니다. 이 사이의 정관적조(靜觀寂照)와 우흥만회(偶興漫懷)와 내지사사망념(乃至邪思忘念)을 아무쪼록 그대로 시조(時調)라는 한 표상(表象)에 담기에 힘쓰며 그리하여 그것을 혼자 씹고 맛보고 또 두고두고 뒤적거려 왔습니다. 내 독자(獨自)의 내면생활(內面生活)인 만큼 구태여 남에게 보일 것도 아니오 또 보인대도 이모에게든지 감흥(感興)있을 것이 물론 아니었습니다. 사상(思想)으로 생활(生活)로, 본대 나뿐의 것이던 것처럼, 문자(文字)로, 표상(表象)으로도 결국은 또한 나뿐의 것일 물건입니다. 본래부터 시(詩)로 어떻다는 말을 님에게 들을 것이 아님은 물론입니다.

오랫동안에는 그 중(中)의 일부(一部)가 혹 친우(親友)의 눈에 띄우기도 하고 얼마쯤 동정(同情)과 공오(共鳴)

을 가지는 어른에게는 한번 세간(世間)에 물어 봄이 어떠하냐는 말씀도 더러 들었습니다. 그러나 아무리 어그러지고 변변치 못한 것이지마는 그대로 내게 있어서는 끔찍 대단한 유일(唯一)한 구슬인 것을. 까닭 없이 저잣거리에 내었던 짐이 일종(一種)의 자기위안(自己僞贗)일 듯하여 할 수 있는 대로 이것을 피(避)하여 왔습니다. 나의 꽁한 성미는 특히 이 일에서 그 본색(本色)을 부려 왔었습니다.

햇빛은 언제 어느 틈으로서 쪼여 들어올지 모르는가 봅니다. 어떻게든지 앓는 소리 할 구멍을 뚫으려하는 이 민중(民衆)들은 요새 와서 작조(昨調)까지도 무수한 하소연의 연장으로 쓸 생각을 하였습니다. 치미는 이 물결이 어떻게 어떻게 하여 우리 서재(書齋)에까지 들어와서 이것이 시조(時調)라는 까닭으로, 남이 다 돌보지 않는 동안의 수 십년(數 十年) 손 때부터 다듬어오는 물건이란 탓으로 세상설합(世床舌盒)에서 문(門) 밖으로 끌어들여 나오게까지 된 것은 생각하면 우스운 일입니다. 낡음이야 내 생활(生活)이란 것을 상관할 까닭이 없고, 또 보려는 초점(焦點)이 본대부터 시조(時調)라는 그 형식(形式)에 있다하면 그러나 맘의 글로야 남의 눈에 걸지 못할 것이 없을 듯하여 최근 2·3년간(最近 二·三年間)의 읊은 것 중(中)에서 아즉이 일백팔절(一百八篇)을 한 권(券)에 뭉쳤습니다.

시(詩) 그것으로야 무슨 보잘 것이 있겠습니까마는 다만 시조(時調)를 한 문자유희(文字遊戲)의 구렁에서 건져내어서 엄숙한 사상(思想)의 일용기(一容器)를 만들어 보려고 애오라지 애써온 점이나 살펴주시면 이는 무로 분외(分外)의 榮華입니다.

최초(最初)의 시조(時調)로 활자(活字)에 신세진지 이십삼년(二十三年)되는 병인(丙寅)해 불탄일(佛誕日), 무궁화님이 칠분(七分)이나 피어난 일람각남창(一覽閣南窓) 아래서

한 샘

궁거워

1

위[1]하고 위한 구슬
싸고 다시 싸노매라,

때묻고 이빠짐[2]을
님은 아니 탓하셔도,

바칠[3] 제 성하옵도록
나는 애써 가왜라.

2

보면은 알련마는
하마[4] 알듯 더 몰라를

1) 끔찍하게 거둠.
2) 이즈러져 떨어짐. 결락(缺落).
3) 들임. 헌상(獻上).
4) 거의거의. 서기(庶幾).

15

나로써 님을 헤⁵⁾니
헤올사록 어긋나⁶⁾를

믿으려 믿을뿐이면
알기구태 차즈랴.

3
찻⁷⁾는 듯 뷔⁸⁾인 가슴
바다라도 담으리다,

우리 님 크신 사랑
그지⁹⁾ 어이 있으리만

5) 짐작함. 양탁(量度).
6) 어그러저 나감. 위려(違戾).
7) 가득함.
8) 아무 것 없음.
9) 한량(限量).

솟¹⁰⁾는 채 대¹¹⁾시옵소서
벅차¹²⁾ 아니 하리다.

4
모진가 하였더니
그대로 둥그도다,

부핀¹³⁾ 줄 여겼더니
또 그대로 길 차도다,

어떻다 말 못할 것이
임이신가 하노라.

---

10) 용출(湧出).
11) 관주(灌注).
12) 많아서 이기지 못함, 과량(過量).
13) 뚱뚱함, 용적(容積)있음.

5

뒤집고 엎질러서
하나밖에 없건마는,

온[14] 즈믄[15] 말가저도
못 그리[16]올 이 내 마음

왼이[17]로 바치는밖에
더할바를 몰라라.

6

얼음같이 식히[18]실 제
모닥불을 받드는 듯,

14) 백(百).
15) 천(千).
16) 묘사(描寫), 형유(形喩).
17) 전일(全一), 순일(純一).
18) 서늘하게 함, 냉각(冷却).

혹[19]처럼 떼치실 제
부레[20]풀을 발리는 듯,

두 손 다 내두르실 제
껴안긴[21] 듯 하여라.

7
미우면 미울대로
살에 들고 뼈에 박혀,

아모커나 님의 속에
깃들여[22] 지내고저,

애적[23]에 곱게 보심은

19) 군살, 췌우(贅疣).
20) 교(膠).
21) 포옹(抱擁).
22) 집짓고 살음, 소거(巢居).

뜻도 아니 햇소라.

8

풀숲에 걸으면서
이슬 맞음 싫다리까,

사랑을 따르거니
몸을 본대 사리[24]리만,

낭[25] 없는 이 님의 길은
애제[26] 든든하여라.

9

안보면 조부비[27]고

23) 당초(當初).
24) 구기(拘忌), 회피(迴避).
25) 현애(懸崖) : 낭떠러지.
26) 당초(當初).

20

보면 설²⁸⁾미 어인 일가

무섭도 안컨마는
만나서는 못 대들²⁹⁾고

떠나면 그리울³⁰⁾ 일만
앞서 걱정 하왜라.

27) 초조(焦燥), 민박(悶迫).
28) 익지 않음, 생소(生疎).
29) 달겨 듬, 박근(迫近).
30) 간절히 생각함, 상모(想慕).

안겨서

1

님 자채[1] 달도 밝고
님으로해 꽃도 고아,

진실로 님 아니면
꿀이 달랴 쑥이 쓰랴,

해 떠서 번하[2] 옵기로
님 탓인가 하노라.

2

감아서[3] 뵈든 그가
뜨는 새에 어대간고,

눈은 아니 믿드래도

1) 때문에, 까닭에, 최(最)로.
2) 밝아옴, 밝음.
3) 눈을 닫음, 명목(瞑目).

소리 어이[4] 귀에 있나,

몸 아니 계시건마는
만져도 질듯하여라.

3
무어라 님을 할까
해에다나 비겨[5]볼까,

쓸쓸과 어두움이
얼른하면 쫓기나니,

아모리 겨울 깊어도
음달[6] 몰라 좋아라.

4) 어째.
5) 견준다, 비유(比喩).
6) 볕 못보는 땅, 음지(陰地).

4

구태라 어대다가
견주고자 아니하며,

억지로 무엇보다
낫⁷⁾다는 것 아니언만,

님대로 고우신 것을
아니랄길 없소라.

5

한고작⁸⁾ 든든커늘
외로웁게 보시고녀,

알뜰한 우리 님만

---

7) 우승(優勝).
8) 더할 나위 없이, 극도(極度).

오붓⁹⁾하게 뫼신 적을,

뭇사람 들레¹⁰⁾는 곳이야
차마 쓸쓸하건만.

6
넣었다 집어내면
안 시원¹¹⁾ 것 없으시니,

우리 님 풀무에는
피운 것이 무슨 숫¹²⁾고,
무르다¹³⁾ 버릴 무엇이
어잇슬고 하노라.

---

9) 실다움, 탐탐함.
10) 떠든다, 훤화(喧譁).
11) 시위 : 굳세고 질기다.
12) 탄(炭).
13) 단단치 않음, 연약(軟弱).

7

믿기라 하실수록
의심 더욱 나옵기는,

아모리 돌아봐도
고일[14] 무엇 업슬세지,

행여[15]나 주시는 마음
안 받는다 하리까.

8

남은 다 아니라커늘
나는 어이 그리뵈나,

어집[16]은 저를 믿어

14) 고이 : 총애(寵愛) 받음.
15) 다행히, 혹시.
16) 세정(世情)에 서투름, 소우(疏迂).

속을 적에 속드래도,

티¹⁷⁾없는 구슬로 아니
안 그릴줄 있으랴.

9
큰 눈을 작게 뜨다
마조막¹⁸⁾엔 감았세라,

님보담 나은 뉘와
남보담 못 하신 무엇,

없기야 꼭 없지마는
행여¹⁹⁾ 뵐까 저히라.

17) 흠, 하자(瑕疵).
18) 최후(最後).
19) 혹시라도

떠나서

1

님 께야 찾아 보아
못 얻을 것 없건마는,

내게야 뒤지[1]기로
그 무엇이 나오리까,

그대로 거두[2]시기야
바란다나 하리까.

2

제 맘도 제 뜻대로
아니됨을 생각하면,

억지로 못하시는

1) 수탐(搜探) : 수사하고 알아냄.
2) 거느려 줌, 고호(顧護).

님을 어이 탓³⁾하리만,

알면서 나는 짜증은
더 못 눌러 하노라.

3
삭히고 삭힌 말을
벼르⁴⁾고 또 벼르다가,

만나면 삭막⁵⁾하야
멀건⁶⁾한이 있을 망정,

뒤어⁷⁾서 못 뵈는 뜻을

3) 허물함, 죄귀(罪貴)함.
4) 그때를 기다림, 그리하리라고 미리 마음먹음, 기대(企待).
5) 아득함, 엷게 실신(失神)함.
6) 망연(茫然).
7) 뒤집어 내어.

님은 알가 합네다.

4
찡기고 웃으심이
낫나치 매운 채⁸⁾를,

살짐이 무더나며
달기는 어인 일고,

안 마저 못 사올 매⁹⁾니
으서진¹⁰⁾다 마다랴.

5
님의 낯¹¹⁾ 실줄음¹²⁾에

8) 몹시 얇은 편초(鞭楚).
9) 초달(楚撻) : 회초리나 볼기나 종아리를 때리는 일.
10) 분쇄(粉碎)됨.
11) 얼굴, 안면(顔面).

닷줄[13]만치 애가키고,

님의 눈 야흐림[14]에
소내긴[15] 듯 가슴 덜렁,

가다가 되돌아들믈
과히 허물 마소서.

6
안 속는 님 속이려
제가 혼자 속아왔네,

님 아니 속으심을
열 번 올케 알면서도,

12) 실만한 주름살.
13) 닷감는 동아줄.
14) 엷게 흐릿함.
15) 취우(驟雨) : 소나기.

속을 듯 안 속으심에
짜증[16] 몹시 나꽤라.

7

물들고 따랐도다
술 들여야 하올 님을,

맨이[17]로 덤볐도다
어려[18]서도 못 될 일을,

바들 듯 모른 체하심
야속[19]달길 없어라.

16) 마음대로 못된 불만심(不滿心).
17) 맑은 정신, 생무지.
18) 취(醉)해서, 정신 모르게.
19) 불친절(不親切)의 불평(不平).

8

열 번 옳으신 님
눈물 지어[20] 늑기면도,

돌리다 못 돌리는
이 발길을 멈추고서,

저녁 해 엷은 빛[21] 아래
눈 꽉 감고 섰소라.

9

봄이 또 왔다한다
오시기는 온양[22]하나,

동산에 피인 꽃이

20) 내인다.
21) 잔휘(殘暉).
22) 온 모양, 온 듯.

언 가슴[23]을 못 푸나니,

님 떠나 외론 적이면
겨울인가 하노라.

23) 얼음같이 차고 쓸쓸한 마음.

어쩔가

1

님 자채[1] 끊히는 애[2]
님께 구태 가렷[3]도다,

기척도 아니하려
가지가지 애쓰도다,

끝까지 못 속일줄을
모르는 체 하도다.

2

뵈인 듯 찾던 누리
채엇[4] 는듯 뵈이도다,

1) 고(故)로.
2) 애곡(哀曲), 장(腸).
3) 숨긴다, 은폐(隱蔽).
4) 충만(充滿).

잿물⁵⁾에 녹은 마음
졸을⁶⁾수록 풀리도다,

잇다감⁷⁾ 제 혼잣말에
새 정신을 차려라.

3
허위고⁸⁾ 넘을수록
높아가는 님의 고개,

고으나 고은 꽃밭
빤히⁹⁾ 조긔 보이건만,

5) 재를 우려 빨래에 쓰는 독한 물.
6) 단단히 뭉침.
7) 가끔.
8) 숨차함, 천천(喘喘).
9) 가깝게, 분명히.

36

여긔만 막다라¹⁰⁾짐을
낸들 어이 하리오.

4
가르친 님의 손은
한갈가티 곳¹¹⁾건마는,

아수¹²⁾은 이 내 마음
휘어서만 보려햇네,

당길 듯 퉁그러짐¹³⁾을
뉘탓할가 하노라.

10) 앞이 막힘.
11) 일직(一直).
12) 내게 당김, 이랬으면 함.
13) 틀려 벗어져 남.

5

다수한[14] 님의 날개
꿈이런 듯 벗어나니,

찬비[15]에 모진 바람
몸둘 곳을 내몰라라,

덜미에 남은 운김[16]만
행여 슬[17]가 하노라.

6

에워[18]드는 사나운 물
누를 믿고 겁 안내며,

14) 온난(溫暖).
15) 동우(凍雨).
16) 완기(暖氣).
17) 없어짐, 소실(消失).
18) 위폭(圍逼).

치미[19]는 불홍두깨[20]
무엇으로 짓누르리,

님 떠난 이제부터야
굳셀 턱이[21] 업소라.

7
봄꽃의 이슬 속에
님의 낯[22]을 뵈오리다,

가을 숲[23] 바람결에
님의 소리 들으련만,

<hr />

19) 용상(湧上).
20) 크고 긴 방망이.
21) 이유(理由).
22) 얼굴, 고면(顧面).
23) 수림(樹林), 총(叢).

님의 손 보들엄[24]만은
어이 만져 보리오.

8

진대[25] 마른대를
해를 동갑[26] 휘돌아서,

마즈막 차저드니
돌우 그냥 님의 품[27]을,

목[28]마다 딴길만 녀겨
새것보려 햇소라.

24) 아주 부드러움.
25) 진 땅.
26) 해동갑 : 한종일(限終日).
27) 회중(懷中).
28) 고부라지는 목쟁이.

9

내 어이 님의 속에
못[29]이 되어 박이리까,

거북[30]타 하실 그제
고대빼처[31] 물렷건만,

행여나 자욱[32]났으면
덧나실가[33] 저허라.

29) 정(釘).
30) 불편(不便).
31) 즉시(卽時).
32) 자리, 혼적(痕迹).
33) 탈나다, 병(病)되다.

제2부 구름 지난 자리

—조선국토순례의 축문(祝文)으로 쓴 36수

구름 지난 자리

다 거을었다 하여도 여전히 소담스러우신 것, 다 슬어졌다해도 그래도 그대로 지녀있는 것, 겉으로 감쪽같이 없는 듯 하면서도 보이지 않는 중에 뜨거운 불이 항상 활활 거리는 것은 우리의 흙덩이오, 그 모래 틈마다 끼어있는 대대조상의 애쓴 자리가 아닌가. 조선(朝鮮)의 출하(出河)와 거기 심여있는 묵고 묵을수록 새롭고 향기로운 조선(朝鮮)의 냄새는 아무것 보담 끔찍한 내 마음의 양식이었다. 정강말에 채찍을 더하야 이 영천(靈泉)을 찾아다니면서 감격(感激)과 탄미(嘆美)의 제물(祭物)로 드리던 축문(祝文)이던 것의 일부(一部)가 여기 모은 몇 수(首)이니 그 땀에 임하야 이 글을 만드는 당시(當時)의 심근경상(心根境象)은 언제든지 내 생명(生命)의 목마름을 축이는 감로(甘露)이다.

단군굴(檀君窟)에서 (妙香山)

1

아득[1]한 어느 제에
님이 여기 나립[2]신고,

버더난[3] 한 가지에
나도 열림[4] 생각하면,

이자리 안 찾으리까
멀다 높다 하리까.

2

끝[5]없이 터진 앞이
바다 저리 닿았다네,

1) 까맣게 먼, 묘하(渺遐).
2) 강림(降臨).
3) 분지(分支)됨, 만연(蔓衍).
4) 도치다.
5) 한극(限極).

그 새에 올망졸망
뫼도 둑⁶⁾도 많건마는,

엎대어 나볏⁷⁾들하다
고개 들 놈 없고나.

3
몃몃빈 비바람이
알엣녁⁸⁾에 지냈는고,

언제고 님의 댁엔
맑은 하늘 밝은 해를,

드러나 환하⁹⁾시려면
구름 슬쩍 걷혀라.

6) 높은 땅, 부지(阜地).
7) 납작이 엎딘 양.
8) 하방(下方), 인계(人界), 진리(塵裏).
9) 광명(光明).

강서(江西) 「삼묘(三墓)」에서

　─평남강서군(平南江西郡)의 서방 약십리 허평야(西
方 約十里 許平野)의 중(中)에 고구려(高句麗)시대(時
代)의 고분삼기(古墳三基)가 정립(鼎立)하여 있고 그 양
자(兩者)의 중(中)에서 고구려 하엽(高句麗 下葉)의 정련
(精練)한 기술(技術)을 대표(代表)할 훌륭한 벽화(壁畵)
가 발견되니 대개 일천사백년 전경(一千四百年 前頃)의
작(作)으로 추정(推定)되는 것이오 이 근처(近處)에 있는
다른 몇 군데의 고분벽화(古墳壁畵)와 한 가지 현존 동
양 최고 회화(現存 東洋 最高 繪畵)의 중요한 일품(一
品)이라 하는 것이다.

　1
　흙 속에 깊이 들 제
　울며 섧다 했을랐다,

　드러나 빛나든 것
　다 사라져 없는 날에,

버린 듯 파묻은[1] 너만
남아 홀로 있고녀.

2
예술(藝術)의 대궐 안에
네라 있어 발이 되어,

거룩한 우리 솥[2]을
세계(世界) 위에 괴었나니,

남아야[3] 아무 것 없다
구차할 줄 있으랴.

3
두 눈을 내리깔고

1) 파고 묻음, 매장(埋藏).
2) 정(鼎).
3) 다른 것이야.

엄숙하게 섰노라니,

금[4]마다 소리 있어
우뢰같이 어울리매,

몸 아니 떨리시는가
넋[5]도 녹아 가도다.

4) 선(線), 획(劃).
5) 혼(魂).

석굴암(石窟庵)에서

　－경주 토함산 불국사(慶州吐含山佛國寺)의 뒷등성이
에 동해(東海)를 부감(俯瞰)하게 건조(建造)한 일자석암
(一字石庵)이 있어 건축(建築)으로, 조각(彫刻)으로, 신라
예술(新羅藝術)의 놀라운 진보(進步)를 천고(千古)에 자
랑하니 대개 「남경(南梗)」을 진복(鎭服)하기 위(爲)하여
만든 것이오 중앙(中央)의 석연좌(石蓮座)의 상(上)에는
석가여래(釋迦如來)의 상(像)을 뫼시고, 그 주위(周圍)에
는 십일면관음(十一面觀音)을 중심(中心)으로 하여 그
좌우(左右)에 십라한(十羅漢)의 입상(立像)을 만들고 또
그 좌우(左右)와 입구(入口)의 양벽(兩壁)에는 천부신장
등상(天部神將等像)을 새겼으되 의장(意匠)과 수법(手法)
이 초일(超逸)한 것은 물론이오 그 수려(秀麗)한 풍채(風
采)와 정제(整齊)한 기육(肌肉)이 당시(當時) 신라(新羅)
의 미남녀(美男女)를 「모델」로 한 사실(寫實)이라 한다.

1
허술¹⁾한 꿈자취야
석양(夕陽) 아래 보잤구나,

동방(東方) 십만리(十萬里)[2]를
뜰 앞 만든 님의 댁은,

불끈[3]한 아침 햇빛에
환히 보아 두옵세.

2

대신라(大新羅) 산 아이가
님이 되어 계시도다,

이 얼울[4] 이 맵시요
이 정신(精神)에 이 솜씨를,

누구서 숨[5] 있는 저를

1) 퇴락(頹落), 황폐(荒廢).
2) 아득한 동해(東海), 십만억불공(十萬億佛工)에 비(比)한 것.
3) 훤혁(煊爀).
4) 얽울, 윤곽(輪廓).

돌부처라 하느뇨.

3
「나라」⁶⁾의 골시 모여
이 태양(太陽)을 지었고나,

완악(頑惡)한 어느 바람⁷⁾
고개들 놈 없도소니,

동해(東海)의 조만⁸⁾ 물결이
거품⁹⁾ 다시 지리오.

5) 호흡(呼吸), 생명(生命).
6) 신라국(新羅國).
7) 해상(海上)의 걱정.
8) 하치않은, 묘연(渺然), 최이(蕞爾).
9) 포말(泡沫).

만월대(滿月臺)에서 (松都)

1

옛사람 일들 없어
예와[1] 눈물 뿌렸단다,

천지(天地)도 업히거니
왕업(王業)이란 무엇이니,

석양(夕陽)의 만월대(滿月臺) 터를
웃고 지나 가노라.

2

사람 같은 그림 속에
그림 같은 사람 모여,

공[2]보담 빠른 눈짓[3]

1) 여기 와서.
2) 구(毬).
3) 눈으로 하는 말.

번개처럼 치고 맞든,[4]

향진(香塵)을 아니 찾으랴
구정(毬庭) 밟고 가리라.

3
송악산(松岳山) 봄 수풀에
가진[5] 새가 노래하고,

「병풍(屛風)에 그린 황계(黃鷄)」
날개치며 울려건만,

「연쌍비(燕雙飛)」 한 번 간 넋은[6]
돌아 언제 오는고.

4) 주고받음.
5) 범백(凡百), 제유(諸有).
6) 혼백(魂魄).

55

천왕봉(天王峯)에서 (智異山)

1

인간(人間)에 발부티고
한울 우에 머리 두어,

아침 해 저녁 달을
금은(金銀) 한 쌍 공¹⁾만 여겨,

번갈라²⁾ 두 편 손끝에
주건 받건 하더라.

2

돌아봐 백두(白頭)러니
내다보매 한라(漢拏)로다

천리(千里)에 마주 보며

---

1) 구(毬).
2) 교체(交替)로.

높은 자랑 서로 할 제,

셋 사이 오고가는 말
천풍(天風)이라 하더라.

3
어머니 내 어머니
아올스록 큰 어머니,

다수한 품에 들어
더욱 느낀 깊은 사랑,

떠돌아 몸 얼린[3] 일이
새로 뉘처[4] 집내다.

3) 냉동(冷凍).
4) 후회(後悔).

비로봉(毘盧峯)에서 (金剛山)

1

한우님 석가산(石假山)이
어이 여기 와 있는고,

귀여운 큰 아드[1]님
무엇으로 고일[2]가 해,

참아도 아까운 이것
물려[3] 주심이니라.

2

동해(東海)의 잔물결[4]이
헤어보면[5] 얼말는지,

1) 조선인, 도교(道教)에서 동방(東方)을 장자(長子)로 부름.
2) 총애(寵愛).
3) 전급(傳給), 상속(相續).
4) 세파(細波).
5) 셈쳐봄.

만이천봉(萬二千峰) 저마다의
만이천(萬二千)씩 신기로움,

만이천(萬二千) 서로 얽힌[6] 수(數)
겨눠[7]본다 하리오.

3
우연히 돌 한 덩이
내어 던져 두신 것이,

시킨[8] 적 한 적 없이
되어도[9] 저리되니,

짓자지[10] 않는 조화가

6) 교착(交錯).
7) 비교(比較).
8) 그리하라고 이름.
9) 화성(化成).

더욱 놀랍하외다.

10) 그리 맨들려 하지.

압록강(鴨綠江)에서

1

말 씻¹⁾겨 먹이든 물
풀빛²⁾ 잠겨 그득한데,

위화(威化)³⁾ 섬밖에
떼 노래⁴⁾만 높은지고,

마초아 궂은 비⁵⁾ 오니
눈물겨워 하노라

2

안뜰의 실개천이
언제부터 살피되어,⁶⁾

---

1) 세마(洗馬).
2) 초색(草色).
3) 압록강(鴨綠江) 상의주(上義州) 앞에 있는 일도(一島), 이태조(李太祖)의 회군지(回軍地).
4) 벌가(筏歌).
5) 음우(陰雨).

흰 옷[7] 푸른 옷[8]이
편갈리[9]어 비최는고,

쇠다리 검얼[10] 아니면
「다물」[11] 볼 줄 있으랴.

3
굽은 솔 한 가지가
저녁 물에 비최이니,

추도(鄒牟)님[12] 활등인 듯
도통(都統)[13]어른 채쭉인 듯,

6) 경계(境界), 구획(區劃).
7) 백의(白衣), 곧 조선인(朝鮮人).
8) 청의(靑衣), 곧 지나인(支那人).
9) 두 부분(部分) 됨.
10) 두 쪽을 찍어 당기어 매는 못.
11) 「복구토(復舊土)」, ~란 뜻(意).
12) 광개토왕비(廣開土王碑)에 보인 고구려(高句麗) 시조(始祖)의 이름
    이니 주몽(朱蒙)의 고형(古形).

꿈 찾아 다니는 손이
놓을 줄을 몰라라.

13) 최도통(崔都統)(塋).

대동강(大同江)에서

1

흐르는 저녁 볕이
얼굴빛을 어울러서,

쪽[1] 같은 한가람[2]을
하마[3] 붉혀 비린러니,

갈매기[4] 떼 지어 나니
흰창[5] 크게 나더라.

2

바다로 나간 물이
돌아옴을 뉘 보신고,

1) 남(藍), 쪽빛.
2) 대강(大江), 큰 강.
3) 조곰하더면, 거의.
4) 백구(白鷗).
5) 백공(白孔).

재⁶⁾ 넘어 빗긴 날을
못 머물줄 알 양이면,

이갈⁷⁾이 다 술이라도
많다 말고 자시소.

3
머리 끝 부는 바람
그리 센⁸⁾ 줄 모르건만,

켜묵⁹⁾은 갖은 시름
그만 떨켜 다 나가니,

몸 아니 깨끗하온가
배도 거븐 하여라.

6) 고개, 산견(山見).
7) 강수(江水).
8) 힘 있다, 강렬(强烈).
9) 겹겹이 오래됨.

한강(漢江)을 흘리저어

1

사앗대[1] 슬그머니
바로 질러[2] 널 제마다,

삼각산(三角山) 잠긴 그림
하마 꿰어 나올 것을,

마초아 뱃머리 돌아
헛일[3] 맨드시노나.

2

황금(黃金)푼[4] 일대장강(一帶長江)
석양(夕陽) 아래 누웠는데,

1) 배 미는 막대.
2) 박는다, 찌른다.
3) 허사(虛事).
4) 풀어헤친, 녹여 놓은.

풍류(風流) 오백년(五白年)이
으스름한 모래톱⁵⁾을,

긴여울 군데군데서
울어 쉬지 않어라.

3
깜작여 불 뵈는 곳
게가 아니 노돌⁶⁾인가,

화용(火龍)⁷⁾이 꿈틀하며
뇌성(雷聲)조차 니옵거늘,

혼(魂)마저 편안 못하는
육신(六臣)생각 새뤄라.

5) 사장(沙場).
6) 노량진(鷺梁津).
7) 기차(汽車)를 이름.

웅진(熊津)에서 (公州錦江)

1

다 지나 가고 보니
거친 흙[1]이 한 덩이를,

한숨이 슬어질 제
웃음 또한 간곳 없네,

반천년(半天年) 오국풍진(五國風塵)이
꿈 아닌가 하노라.

2

물 아니 길으신가
들도 아니 넓으신가,

쌍수산(雙樹山) 오지랖[2]이

1) 황양(荒壤).
2) 옷자락의 앞.

이리 시원한 곳에서,

켜묵은 답답한 일을
구태 생각하리오.

3
해오리 조는³⁾ 곳에
모래 별로⁴⁾ 깨끗해라,

인간의 찌든 때⁵⁾에
물 안 든 것 없건마는,

저 둘만 제 빛을 지녀⁶⁾
서로 놓치 않더라.

3) 잔다, 면(眠).
4) 유난히.
5) 덧겁인진 때꼽.
6) 지켜, 보유(保有)해.

금강(錦江)에 떠서 (公州로서 扶餘로)

1

돛[1]인가 구름인가
하늘 끝에 희끗한 것,

오는지 가심인지
꿈 속처럼 뭉기댈[2] 제,

생각이 그것을 따라
가물 아득[3] 하여라.

2

석탄(石灘)을 뵈옵고서
이정언(李正言)을 아노매라,

뇌정(雷霆)은 휘뿌려도

풍월(風月)에는 종[4]이심을,

나 혼자 웃고 지난다
허물 너무 마소서.

3
백리(百里) 긴 언덕에
초록장(帳)이 왜버들을,

다락배[5] 천만 쌍(千萬雙)은
사라져라 꿈이언만,

물에 뜬 저 그림자가
돛대 괸 듯 하여라.

4) 노예(奴隷).
5) 루선(樓船), 전선(戰船).

백마강(白馬江)에서 (扶餘)

1

반월성(半月城) 부는 바람
자는 백강(白江) 왜 깨우나,

잔 물결 굵게 일면
하마 옛꿈 들췰[1]랐다,

잊었던 일천 년(一千年)[2] 일을
알아 무삼 하리오.

2

사나운 저 물결도
씹다 못해 남겼세라,

한 조각 돌이라해

---

1) 떠들어 낸다.
2) 백제 망 후 일천년(百濟 亡 後 一千年).

수월하게[3] 보올 것가,

조룡대(釣龍臺) 그보담 큰 것
뉘라 남아 계신고.

3
예의 배[4] 당(唐)나라 말
바다 넘어 왜 왔든가,

허리 굽은 평재탑(平濟塔)[5]이
낙조(落照)에 헐덕여[6]를,

이겼다 악쓴[7] 자취도

3) 우습게, 하찮게.
4) 왜선(倭船).
5) 신라(新羅)와 당(唐)의 연합군(聯合軍)이 백제(百濟)를 망케하고 고
   탑(古塔)에 그 사력(事歷)을 새긴 것, 시방 부여(扶餘) 교외(郊外)에
   있다.
6) 숨차 한다, 천촉(喘促).

저뿐 저뿐인 것을.

7) 소리 지름, 고성창언(高聲唱言).

낙동강(洛東江)에서

1
마을[1]의 작은 꿈을
쓸어오는 똘과[2] 시내,

모여서 커진 저가
또 그대로 꿈의 꿈을,

수(數)없는 이들이 덤벼
바다되다 하더라.

2
뭇 뫼[3]의 그림자를
차례차례 잡아깔며[4],

---

1) 마을, 촌락(村落).
2) 도랑, 작은 시내.
3) 군산(群山).
4) 붙들어서 무릎 밑에 넣음.

막을 이 없는 길을
마음 놓고 가건마는,

조매나[5] 얕은목[6]지면
여울되어 울더라.

3
무엇이 저리 바빠
쉬울 줄도 모르시나,

가기곳 바다로가
한통치고[7] 마온 뒤면,

모처럼 키우신 저[8]를

5) 조곰만치나.
6) 천뢰(淺瀨).
7) 합일(合一).
8) 자라난 제 몸.

못 거눌까[9] 하노라.

9) 거느린다, 보존(保存)한다.

제3부 날아드는 잘새

—안두삼척(案頭三尺)에 제가 저를 잊어버리는 36수

날아드는 잘새

무엇을 위하여 다리가 찢어지도록 돌아다니고, 혀가 해지도록 아귀다툼 하였으며, 무엇을 위하여 웃고 찡기고 울고 발버둥 쳤던가. 궁벽하나마 한 조각 땅과 한 칸 방과 한 장 책상이 있어서 나를 위하는 나의 살림을 할 수 있고 남하고 고흥이야 항이야 할 까닭이 없자면 없을 수 있었다. 방의 현판을 일람각(一覽閣)이라하니 옛사람처럼 높은데 앉아서 낮은데 있는 모든 것을 한눈에 나려 볼턱은 본대부터 없는 바이로되 그중에 스스로 한 일월(閒日月)이 있고, 호소유(好消遺)이 있어 간배소경(簡背小景)에 일람일소(一覽一笑)할 거리가 꽤 적지도 아니하였다. 그 각사각여(却事却與)을 읊은 것으로 중심(中心)을 삼고 심심하다고 그리로서 벗어나서는 세간(世間)과 가두(街頭)에서 먼지 쏘이고 흙칠하든 기록 약간을 더하여 이 한 편을 만들었다.

동산(東山)에서

1

외지다[1] 버리시매
조각 땅[2]이 내게 있네,

한 나무 머귀[3] 덕에
또약볕[4]도 겁 없어라,

수수깡 쓸린 창[5]에나
서늘[6] 그득 좋아라.

2

재 넘어 해가 숨고
풀 끝에 이슬 맺혀,

1) 구석지다, 궁벽(窮僻)하다.
2) 편토(片土).
3) 오동(梧桐).
4) 포양(暴陽).
5) 무너지게 된 창(窓).
6) 양미(凉味).

바람이 겨드랑에
선들선들 스쳐가면,

구태라 쫓지 않건만
더위 절로 가더라.

3
잎마다 소리하고
나무마다 팔 벌리어,

바람을 만났노라
우뢰처럼 들레[7]건만,

그대로 안두삼척(案頭三尺)엔
고요[8] 그득하여라.

7) 떠들썩함.
8) 적정(寂靜).

일람각(一覽閣)에서

1
한나절 느린 볕¹⁾이
잔디 위에 낮잠 자고,

맨대 없는 버들개²⁾가
한울 덮어 쏘대³⁾는데,

때외는⁴⁾ 닭의 울음만
일 있는 듯 하여라.

2
드는 줄 모른 잠을
깨오는 줄 몰래 깨니,

1) 더디 옮기는 일영(日影).
2) 유서(柳絮).
3) 표요(飄颻).
4) 보시(報時)하는.

84

누엿⁵⁾이 넘는 해가
사리짝에⁶⁾ 붉었는데,

울⁷⁾ 우에 옴크린 괴⁸⁾는
선하품을 하더라.

3
뙤약볕 버들잎은
잎잎이 눈이 있어,

자라가는⁹⁾ 깊은 빛을
소북소북¹⁰⁾ 담았다가,

5) 염이(冉爾).
6) 간비(栞扉).
7) 울타리, 바자.
8) 쪼그리고 앉은 고양이.
9) 생장(生長).
10) 그득그득.

바람이 지날 제마다
감을깜박[11]하더라.

11) 가물가물하고 깜박깜박함.

새 봄

1

다 살아 오는고야
묵은 가죽[1] 소리건만,

지난 해 잃은 꿈만
가뭇[2] 다시 없으셔라,

그 속에 감추었던 꽃
어이한고 하노라.

2

옛 등걸[3]인 체 해도
간해[4] 그는 아니로다,

---

1) 봄새는 죽은 가죽으로 만든 북까지 좋아 소리를 한다는 고사(故事).
2) 자취 없이.
3) 나무 베어낸 밑둥.
4) 거년(去年).

새잎[5]을 자랑해도
옴칫든 것 피어남을,

가신 봄 뉘라시더뇨
온 봄 몰라 하노라.

3
거븐한 바람 아래
잔물결이 조으셔[6]를,

실버들 활개치며
덩실 춤을 추는 저기,

높는 듯 낮은 그림자
제비 혼자 바빠라.

5) 신엽(新葉).
6) 면(眠).

88

새 잔디

1
－잔디의 하소연－

반가운 옛 얼굴은
다 어대로 가 계신고,

모처럼 뜨는 눈에
보이나니 서르[1]신 낯,

올해도 또 속았세라
옛 꿈 그려 하노라.

2
－사람의 대답－

꿈이건 아니거니

1) 서투르다, 익지않다.

그는 이미 지난 일을,

만난 제 반가움만
서로 일러 보옵세라,

사라져 없는 자취야
찾어 무삼 하리오.

3
―다 풀어서―

덧있[2]는 그 무엇이
있다는 말 들으신가,

탐탐이 모인 곳에
꽃이 피고 술 고이니[3],

2) 무상(無常)치 아니한.

매양에 이럴 양이면
아모러타 어떠리.

3) 주숙(酒熟).

봄 길

1

버들잎에 구는[1] 구슬
알알이 짙은[2] 봄빛,
찬비[3]라 할지라도
임의 사랑 담아옴을[4],

적시어[5] 뼈에 심인다
마달[6] 누가 있으랴.

2

볼 부은[7] 저 개골이
그 무엇에 쫓겼관대,

1) 구른다.
2) 심농(深濃).
3) 동우(凍雨).
4) 넣어 있음.
5) 물에 젖음.
6) 싫다 함.
7) 뚱뚱하여짐.

조르를[8] 젖은 몸이
논귀에서 헐덕이나

떼봄[9]이 쳐들어와요
더위 함께 옵데다.

3
저 강상(江上) 작은 돌에
더북[10]할 손 푸른 풀을,

다 살라 욱대길[11] 제
그 누구가 봄을 외리[12],

8) 젖은 모양.
9) 무더기져서 오는 봄
10) 수북이 덮였음.
11) 억지로 시킴.
12) 어기다, 벗어난다.

줌[13]만한 저 흙일 망정
노쳐[14] 아니 주도다.

시중(市中)을 굽어 보고

잘난 이 가멸한 이[1]
옹기옹기[2] 모인 채로,

불볕이[3] 저 장안[4]을
왼통으로 찜을 보며,

헤쳤던 옷가슴[5]밖에
발을 마저 뽑아라.

1) 부인(富人).
2) 밀집(密集)한 모양, 족옹(簇擁).
3) 불같은 여름 해.
4) 경성(京城).
5) 웃옷 앞자락 여민대.

혼자 앉아서

가만히 오는 비가
낙수[1]져서 소리하니,

오마지 않은 이가
일도 없이 기다려져,

열릴 듯 닫힌 문으로
눈이 자조 가더라.

1) 관류(管溜).

혼자 자다가

밤중이 고요커늘
조희를 또 펴노매라,

날마다 못 그린 뜻[1]
오늘이나 하얏더니,

붓방아[2] 녜런 듯하고
닭이 벌써 울어라.

1) 형언(形言)해 보려던 심내(心內).
2) 글 생각 아니나서 헛붓만 놀리는 것.

동무에게

1

어대로 가려시오
어느 뉘를 믿으시오,

빙그르 휘돌아서
서는대가 서보시오,

게[1]서도 저[2]는 젭닌다
남과 마주 서지오.

2

코앞에 있습니다
진작[3]부터 있습니다,

부르지 아니하여

1) 거기.
2) 자기(自己).
3) 벌써.

기척[4]하지 않을 뿐을,

객적게[5] 어느 먼 대를
저리 헤매[6]십니까.

3
봉화(烽火)가 들렸고나
오는 기별 무엇일까,

이러컨 저러커니
길신발[7]만 맞춤하세,

떠나라 호령 나올 제
남 뒤지지 말게요.

4) 사람 있는 동정, 소리.
5) 부질없이, 쓸데없이.
6) 길 잃고 갈 데 모름, 미황(迷徨).
7) 길갈 장속(裝束).

새해에 어린 동무에게

1

느셔라¹⁾ 부르셔라²⁾
그지³⁾없이 자라셔라,

하⁴⁾고 먼 큰 목숨이
뿌리뿌리 버드실 제,

북⁵⁾ 한 번 다시 돗는 날
서울⁶⁾이라 합니다.

2

또 한층 올라섰네
더욱 멀리 내다뵈네,

1) 많아짐.
2) 커짐, 자식(滋殖).
3) 끝, 한정(限定).
4) 크다, 끔직하다.
5) 나무 심으라고 흙 모은 것.
6) 신원(新元).

우리의 참 목숨이
어대만치 있삽든지,

맨앞[7]에 다시 그 앞이
겐줄[8] 알고 갑세다.

3
새 목숨 짓고 지어
끊이올 틈 없는 우리,

시(時)마다 이엄이엄[9]
서울이오 또 서울을,

날로도 멀겠삽거든
해로 말씀하리까.

7) 최전(最前).
8) 그곳인 줄.
9) 잇대어, 연속(連續)하여.

세 돌

1

왼[1] 울을 붉히오신
금직[2]하신 님의 피가,

오로지 이 내 한 몸
잘 살거라 하심인 줄,

다시금 생각하옵고
고개 숙여 옵내다.

2

어제런 듯 아장이[3]다
오늘같이 강둥거려[4],

1) 세계(世界), 천하(天下).
2) 귀여움, 대단함.
3) 어린애 처음 걷는 모양.
4) 약간 뛰기 버릇하여.

느는 걸음 환한 길[5]에
가쁜 줄 모르쾌라,

잇다가 돌부리채도
새 힘 날 줄 알리라.

3
멀거니 가깝거니
바르거니 비뚤거니,

질거니 마르거니
나는 다 모르옵네,

이 길이 그 길이라기
예고[6] 옐뿐이옵네.

5) 익히 아는 길.
6) 간다, 나간다.

한우님

다 알아 작만하야
미리미리 주시건만,

받자와 쓰면서도
나오는 데 몰랐더니,

어쩌다 깨단[1]하옵고
고개 다시 숙여라.

1) 살펴 알다, 각성(覺性).

님께만

한 겹씩 풀고 풀어
모조리[1] 다 헤쳐버려,

가만과 가리움을
씨도 아니 두옵기는,

님께만 벌거숭이[2]로
난채[3] 뵈려 하왜라.

1) 말큼, 왼통.
2) 적라(赤裸).
3) 천진(天眞) 그대로.

창난 마음

가시$^{1)}$고 씻을수록
자국$^{2)}$ 어이 새로운가,

뿌리는 얼마완대
끊을수록 움$^{3)}$돋는고,

이 샘밑$^{4)}$ 못 막을세라
메오는 수 없고녀.

---

1) 부신다, 쓸어낸다.
2) 흔적(痕跡).
3) 버인 자리에 나는 새싹.
4) 천원(泉源).

웃으래

웃느니 웃으래라
웃는 그를 내 웃을사,
얽고 검으신 체
더할 나위[1] 없으시니,

님밖에 다시 누구를
곱게 볼 줄 있으랴.

---

1) 그 보담 나을 수.

어느 마음

돌바닥 맑은 샘아
돌 우는 듯 멈추어라,

진흙밭 구정물[1]에
행여 몸을 다칠세라[2],

차라리 막힐지언정
흐려 흘러 가리오.

1) 더러운 물.
2) 더럽힘, 상(傷)함.

턱없는 원통

눌보담 어리석음
제가 먼저 아옵나니,

속고 또 속는밖에
다시 할 일 무어리만,

번번이 또 속다하야
응 소리를[1] 하도다.

1) 마땅치 못해 지르는 소리.

어느 날

「보부라」 그늘 곁에
바람이 장단[1]치건,

매암이 노래하고
메뚜기는 춤을 추네,

마초아 시원한 바람
이마 스쳐 가더라.

1) 곡절(曲節).

한강(漢江)의 밤배

달 뜨자 일이 없고
벗 오시자 술 익었네,

어려운 이 여럿을
고루고루[1] 실었으니,

밸랑은 바람 맡겨라
밤새 올까 하노라.

1) 하나도 모자랄 것 없이.

깨진 벼루의 명(銘)

다 부서지는 때에
혼자 성[1]키 바랄소냐,

금[2]이야 갔을 망정
벼루는 벼루로다,

무른 듯 단단한 속은
알 이[3] 알까 하노라.

1) 완전(完全)함, 깨지지 않음.
2) 깨진 금.
3) 지자(知者).

제백팔번뇌(題百八煩惱)

석전산인(石顚山人)

최군불시경시성(崔君不是競詩聲), 고국신유최유정(故國神遊最有情). 문폐황혼화사설(門閉黃昏花似雪), 여비호접취강성(與飛蝴蝶醉江城).

잔조침강불변제(殘照沈江不辨提), 행인임파초처처(行人臨波草萋萋). 풍취산우명몽리(風吹山雨冥濛裏), 독유황앵심수제(獨有黃鶯深樹蹄).

파래죽지강후정(巴峽竹枝江後庭), 등간환기어초성(等間喚起漁樵醒). 가능갱화양춘조(可能賡和陽春調), 만목음애울견청(萬木陰崖鬱見靑).

민출황하원상사(晩出黃河遠上詞), 동인결설괴전위(同人結舌愧前爲). 계성잔월효풍외(鷄聲殘月曉風外), 야동심산완석비(也動深山頑石悲).

육당 시조의 의미

신범순
서울대 교수

1. 신문학 운동가로서의 육당과 시조

우리 근대문학의 초창기에 시장르의 혁신을 일으켰던 것은 당시의 다른 모든 것과 마찬가지로 세계관의 변화에 기인한다. 서구의 근대문명이 동아시아에 가져다 준 충격에서 아무도 자유롭지 못했다. 우리의 시장르가 겪은 변화들을 흔히 창가와 신체시 그리고 그 이후 형성된 자유시에서 확인할 수 있다. 아마도 육당이 이러한 새로운 변화의 물결 속에서 떠맡았던 선구적인 역할과 업적을 부인할 사람은 아무도 없을 것이다. 그가 만들어낸 혁신은 「해에게서 소년에게」에 뚜렷하게 자취를 남겼다. 그 시는 외형적으로 그 이전의 어떠한 시들보다 파격적인 형태를 띰으로써 이제는 단조롭다고 여겨지게 된 고정화된 율격에서 어느 정도 자유로운 모습을 보였다. 그는 여기서 파도소리의 의성어를 쪼개고 반복함으로써 바다의 역동적인 움직임을 그 소리의 갈라지고 이어지는 여운으로 처리하면서 그 속에 모든 것을 휩쓸리도록 하였는데, 휩쓸려버리고 마는 육지는 자유를 억압하는 보수적인 권력자로 암시되었다. 이 충격적인 시의 한 장면은 이후 주요한의 「불노리」에서 회한어린 열정과 우울이 교차되는 축제 속의 고독한 배회자가 그려지게 되기까지 우리 시의 잊혀질 수 없는 것으로 남아있게 되었다.

육당이 이렇게 시의 혁신운동의 선구자로 나섰다고 해서 전통적인 시 형식을 팽개쳤던 것은 아니다. 그는 시조와 한시를 계속해서 지었는데 흔히 신체시라고 일컬어지는 것들과 이 전통적인 시들은 그에게는 다양한 형태로 그의 문학활동을 풍부하게 만들어주는 데 기여하였던 것처럼 보인다. 가령 한문으로 쓴 「관해시(觀海詩)」는 위의 「해에게서 소년에게」보다 1년 뒤인 1909년에 발표된 것인데 이것을 보면 그가 시의 혁신에 몰입하면서 과거의 전통을 폐기하지 않은 것이 분명하다. 그는 이 시의 서두에서 이처럼 말한다.

우리는 漢詩에는 아주 생소한 무리라 이미 字모둠도
하여 본 경험도 없고, 또 고인의 詩詞를 誦讀한 자본도
없으니----格이니 調니 文字니 하는 것은 알 까닭이 없음
은 무론이라. 그러나 근래에 이르러 무엇이 動機인지 한
시짓고 싶은 생각이 매우 간절하여, 기회만 있으면 한 수
씩 지어볼 양으로 공연히 애를 쓰는데, 左에 기록한 바는
이번 南遊 중에 바다를 구경하고 감상을 얽은 것이다.

그는 이 한시에서 과거 한문학의 뿌리깊은 상징들인
금까마귀와 옥토끼(즉 해와 달의 비유적 상징물들)를 빌
어와서 자신이 본 바다에 대한 감회를 말해보려 한다. 거
북이와 거대한 물고기인 鯤이 오가는 이 바다는 아무래
도 동양의 신화적인 상상과 고대적인 철학이 빚어낸 사
유의 틀을 벗어나기 어렵다.

「해에게서 소년에게」와 「관해시」를 같이 놓고 생각해
볼 때 육당의 근대적 혁신운동은 과연 어떠한 것이었을
까 쉽게 판단할 수 없을 것이다. 그는 더욱이 1907년 낙
천자라는 필명으로 「국풍4수」를 발표한 이래 많은 시조
들을 쓰고 있어서 우리의 판단을 더욱 어렵게 한다. 과연
그의 시조는 어떠한 성격을 띠는 것인가?

일찍이 정한모 교수는 근대적인 시 형성에 끼친 육당
의 공헌이 "재래의 전통적인 운율에 새로운 설득력을 부
여하기 위해 과감한 변화와 개혁을 시도한 것"이라고 평

가한 바 있다. 그러나 그는 정작 육당이 시도한 것의 결과는 "정형율의 파괴보다는 전통적인 정형율의 變調"였음을 밝혔었다. 정한모는 육당의 혁신이 전통과 연계되어 있는 혁신임을 밝히고자 한 것인데 이러한 관점에서 발언한 주목할만한 대목이 있다.

그리하여 육당은 창가의 자수율에 여명을 유지했고, 그의 정신의 지향에 따라 전통적인 시조의 율조로써 시인의 길을 걸어가고자 노력하였다. 전통적인 운율에 의거하는 태도는 새로운 시에 대한 자기 한계를 깨달은 다음에 선택한 회귀의 길이 아니었다. 육당은 처음부터 전통적인 운율에 치중하였다. (정한모, 「육당의 시가」, 『최남선작품집』, 형설출판사, 1982, 95~96쪽)

정한모가 바라본 육당은 따라서 열렬한 혁신자의 모습이 아니다. 그는 신중히 과거의 시적 유산들을 통해서 혁신의 길을 모색한 것이었을 따름이며 결과적으로 그것은 좌절되었다. 정한모는 위 글의 다른 부분에서 결국 전통의 뒷받침으로 이루어가던 혁신적인 모색이 한계의 벽에 부딪혔다고 말한다. 위에서 인용한 부분과 달리 "한계의 벽에 부딪치자 육당은 회귀적인 태도에서 시조로 돌아갔다고 볼 수 있다"라고 정한모는 앞서와는 상반된 진술을 하기도 한다. 그에 의하면 육당의 시조창작은 「태백산 시집」이후에 활발해지며 그것은 육당이 조선정신에 경도된 것과 같은 맥락에 서있다. 이러한 분위기가 그대로 시조집 『백팔번뇌』로 이어진다는 것이다.

정한모의 이러한 분석은 그 후 시조연구자들에 의해서 더욱 정교하게 보완된 측면이 있다. 즉 김제현이 육당의 사설시조인 「국풍4수」 등이 그의 혁신적인 신체시들에 영향을 준 것으로 이해하는 것(김제현, 『시조문학론』, 예전사, 1995, 226쪽)이 대표적인 경우이다. 그러나 어떤 것이든 육당이 혁신적인 운동에 어떻게 전통적인 것을 이끌어들였는가에 대해 긍정적인 의미를 부여하고 있지만 그 '한계'는 명료해 보인다. 그것은 시형식의 근대적인 발전을 염두에 둘 때 너무나 확연한 것이었다. 그런데 과연 이러한 한계와 회귀(과거형식으로의)가 육당이 몰두했던 근대적인 혁신운동의 좌절을 의미하는 것일까?

2. 주체적인 정신의 탐구와 그 형식으로서의 시조

육당이나 춘원은 흔히 근대적인 계몽주의 문학을 일구었던 선구자들로 알려져 왔다. '자유'라는 말은 '개성'이나 '개인'에 대한 강조와 더불어 계몽주의 이후 근대적인 가치의 깃발이 된다. 춘원의 「무정」은 주인공의 개성적인 깊이가 처음 유려한 모습으로 드러나 전통적인 악습과

대결하는 모습을 띤다. 춘원은 이미 『학지광』에 실린 어느 글에서 과거 공동체가 완전히 붕괴되고 있음을 말했었다. 한 마을을 지탱하던 전통적인 풍속의 쓸쓸한 종말이 거기 그려진다. 육당이 「해에게서 소년에게」의 철썩이는 파도를 통해 공격적인 외래의 물결을 노래한 것은 소년의 꿈과 연관된 역동적인 세계였지만 거기에는 이미 후에 이 땅의 개성과 자유를 억압할만한 많은 것들이 숨어있었다. 그것은 소년의 꿈과 동경을 통해서는 확인될 수 없는 세계였다. 식민지로 기울어져가는 땅에서 그가 외치는 근대적인 가치로서의 '자유'(「소년대한」, 「구작삼편」, 「막은 물」 등에서)가 과연 무슨 의미가 있었겠는가. 개화와 근대화를 촉진시키는 실제적인 힘이었던 서구 강대국들의 침략 속에서 그 당시에 그 자유라는 개념이 갖는 허구성은 우리가 알고 있는 근대 문학작품들의 많은 부분들을 허망한 것으로 만들어버리기에 충분하다. 이러한 상황에서 신채호는 근대라는 미망과 맞서 '我와 非我의 투쟁'이라는 선언을 하였었다. 그가 그것을 진화론적인 이론의 틀 속에서 인식했는지는 분명하지 않다. 오히려 그는 이 개념으로 근대의 미망을 벗어나고자 했는지도 모른다. 그에게 그것은 근대적인 진화론의 관점이라기보다는 서구적 근대가 보편적인 세계로 자리 잡는 것에 대항하려 했던 것이었을 것이다. '我'라는 것은 그러한 서구적 근대에 맞서는 주체, 그 근대적 침략에 무너져가는 우리 자신의 정체성에 대한 자기확인이었고, 우리 자신의 역사와 신화, 통찰력과 세계관이었을 것이다. 그것이 근대적인 것과 달리 퇴영적인 것이고 어떠한 발전도 거부하는 정체적인 것이었을까 하는 것에 대해 그는 할 말이 많았을 것이다.

육당이 식민지로 기울어가는 위태로운 때에 「태백산시집」을 발표한 것은 의미심장하다. 그는 여기서 그 이후 단군연구를 비롯한 여러 글에서 확인될 수 있는 조선정신 탐구의 첫발을 시적인 측면에서 확고하게 내어밀고 있다. 그가 이전에 단순히 우리 전통의 여러 부분들을 교양적인 수준에서 조금씩 소개하던 것과 완전히 차원을 달리하여 이제는 조선정신의 신앙적인 고취가 엿보이도록 한 것이다. 그는 이 시편에서 우리 민족의 성스러운 聖所인 백두산을 찬미한다. 우리 민족의 생명력인 그 성스러운 산은 하늘의 명을 받들어 '大皇祖'(환웅, 단군)가 이 땅에 내려온 장소로서 억만년이 지나도 결코 변하거나 사라지지 않는 곳이다. 그것이 있는 한 우리 민족 역시 그것의 큰 덕으로 살아갈 것임을 노래한다. 그는 다른 시에서 "너로 하야곰 조락하게한 運數는 미구에 번영케 할 운수가 아닌 줄 누가 담보한다더냐/ 너의 온갓을 다 뭉치여 모다 '때'의 박휘에 실녀라 西으로 향하얏던 것이 곳 東으로 향하게 되리라"(「나라를 떠나난 슯흠」에서)라고 하였다. 그의 시들은 1910년 전후하여 나라의 쇠망으로 빠져든 슬픔과 그 생명력의 근원을 회상하려는 열정의 교착을 보여준다. 그러나 그의 이때 시들은 서정시가 갖추어야 할 예술적인 요소들을 결여하고 있어서 지금까지 그의 다른 혁신적인 시들에 비해 무시당해왔다. 그의 이 태백산 시편들에서 그는 아직 회한과 열정의 서정적 형식을 발견하지 못했던 것일까? 아니면 그러한 시적 특성들을 고양시킬 것을 염두에 두지 않고 단지 이 시들을 통해서 민족신앙의 소박한 입구로 들어가는 자로서 만족하려 했던 것일까?

먼저 우리 민족의 근본으로 되돌아가려는 이러한 정신이 지금 막 쓰러지는 왕조를 다시 일으켜 세우려는 복고주의와는 아무 상관도 없는 자리에 서있다는 것을 알아야 한다. 그렇지만 이제 그 자리는 단순히 낡은 왕조를 비판하고 서구적인 근대로 달음질하려는 초창기의 소박한 계몽주의적 태도에서도 빗겨나 있었다. 그에게 문제되는 것은 과거의 유학자들이 신봉하던 이데올로기가 아니었다. 오히려 그들에게 무시되고 비판받아온 고대의 전통을 되살려내는 것이 문제였다. 민족의 뿌리인 고대는 이미 수많은 세월을 지내오는 동안 낡은 것이 되었고, 천한 것으로 되었으며 신화적인 것으로서만 남게 되었다. 그는 최제우의 동학과는 다른 맥락에서 그 고대적인 신화를 이끌어내고 그것을 현실적인 이데올로기로 다듬고자 한다. 근대적인 것과 맞서면서 동시에 쓰러진 왕조를 넘어설 수 있는 정신과 사상으로서 말이다. 김용직은 육당이 1926년 경성제대 교수인 소전의 단군부정론에 어떻게 맞섰는가를, 그러한 식민사관을 어떻게 비판했는가를 살펴본 적이 있다(김용직, 『한국근대시사』 하, 학연사, 1991, 294쪽). 육당에게 단군의 존재는 우리 민족의 시조인가 아닌가에서 그치는 것이 아니었던 것이다. 그는 자신의 존재이유를 거기서 확인하고 싶어했다. 그것은 일본과 그 이후의 근대적 지식들이 지워버리고자 한 우리 민족의 뿌리이자 자존심의 근거였다. 그리고 그렇게 되도록 계속 억압하고 변두리에 방치한 채 희미하게 지워가도록 만든 우리의 봉건적인 왕조들의 어두운 그늘이었다. 그러나 육당이 보기에 그것은 그럼에도 불구하고 우리를 있게 했으며 여전히 그늘 속에서도 우리 모두의 밑바닥에 잠겨있고 우리의 국토 속에 각인된 우리 자신의 끈질긴 생명력이었다. 그는 여기서 우리에게 있었던 모든 왕조의 역사를 넘어가 버린다.

그가 1920년대 중반에 「조선 국민문학으로의 시조」를 발표한 것이 단지 카프 계열에 대립한 민족문학파의 입장을 나타내기 위한 것만은 아님이 이러한 맥락에서 볼 때 확연히 드러난다. 그에게 시조는 유가적인 이데올로기로 무장된 조선왕조와는 상관없는 것이다. 그가 항상 이야기하는 '조선정신' '조선심' 같은 말에서 '조선'은 이씨 왕조의 조선이 아니다. 그는 시조에 대해서 말할 때

그가 단군에 대해서 말할 때와 동일한 의식으로 그렇게 말하는 것이다. 춘원 이광수가 『백팔번뇌』의 발문 「육당과 시조」에서 시조의 연원을 신라 향가나 무당의 노래가락과도 같은 것으로 멀리 잡은 것도 이러한 이유 때문이다. 춘원은 시조야말로 삼국시대보다 더 멀리서 발원한 國風으로서 우리 민족 특유의 詩歌體라고 하였다. 그것은 이제 육당에게 와서 "신문학으로 재생하는 선소리"라 된다.

춘원의 말을 참조한다면 육당이 시조를 택한 것은 과거로의 회귀이기는 하지만 그것은 죽어버린 과거로 돌아가는 것은 아니다. 오히려 육당의 이러한 작업이 수반해야 할 과거에 대한 심각한 비판이 여기에 숨어있다. 육당은 아마도 서구 근대와 일제의 침략에 대한 격렬한 비판을 생략한 것과 마찬가지로 우리의 잘못된 과거에 대한 비판을 생략한 것처럼 보인다. 그에게 급했던 것은 우리에게 감추어져 있으며 점차 잊혀지는 많은 것들을 되불러 일으키고 소생시키는 작업이었을 것이다. 「태백산 시집」에서 회한과 열정을 예술적으로 어떻게 처리하지 못해 방황하다가 20년대 중반에 들어와서 그는 우리 겨레가 오랫동안 자신들의 모든 것을 담아냈던 노랫가락으로 되돌아갔다. 그는 우리의 뿌리인 단군사상을 부활시키듯이 그것을 부활시킨 것이다. 그것은 어떻게 보면 그의 신체시보다 더욱 새롭게 다가온 것으로서 춘원이 말하듯이 시조의 역사에서 볼 때에도 새로운 경지를 열어보려 한 시도였다. 『백팔번뇌』는 바로 육당에게 과거의 여러 가지 실험적인 시 형식을 모두 끝내버리고 택한 최종적 결정에 해당하는 것이었다. 거기서 그는 벽초 홍명희가 말한 바 조선으로서의 임에 대해 노래하게 되는 것이다.

3. 『백팔번뇌』의 임과 국토순례의 정신

벽초 홍명희는 『백팔번뇌』의 발문에서 육당의 「단군론」이나 『백팔번뇌』나 조선이라는 임을 사랑하는 기조는 똑같다고 하였다. 그는 또 "저작마다 다른 것은 표현형식일 뿐이니 예로 말하여 단군론이 그 사랑의 原委를 장황히 서술한 서사시라면 백팔번뇌가 그 사랑의 발작으로 단적으로 표백한 서정시라 할 것이 다를 뿐이다"라고 말하기도 하였다. 시조형식을 악착(齷齪)한 것으로 생각하여 싫어하는 벽초가 이 시조를 숭상하는 육당의 정신에 대해 찬양하는 것을 보면 그의 조선정신의 열기를 짐작할 만하다. 벽초는 이미 사회주의적인 이데올로기 속에 침윤되어있었기 때문에 냉정한 과학자적 태도가 육당의 조선정신에 결여되었다고 비판할 수 있었다. 그에게는 육당의 그 열정이 "水火를 헤아리지 아니하도록 情이 격하여 언동이 과한 지경에까지 미치고 뉘우치지도 아니한다"고

할 정도로 어느 정도로는 병적으로 생각되었던 것 같다. 벽초의 이러한 언급은 당시 육당에 대한 문단의 관점 중 하나를 대변하는 것이다. 냉정한 합리주의, 즉 이성으로서의 과학을 결여한 열정이라는 판단이 육당의 조선심에 내려진 비판의 하나이다. 그러나 세월이 지난 오늘날 생각해보면 이러한 벽초의 비판은 너무 단순한 것이었다. 그의 냉정한 과학은 당시로서는 너무 소박한 이론의 수준을 넘어설 수 없었으며 그 훨씬 뒤에는 소수 지배권력을 위한 광기의 이데올로기가 되었다.

아무튼 육당은 그가 자신의 시조론에서 "조선인의 폐허 수정운동, 신천지 개벽운동의 기조 又 支點될 것"이며 "조선의 특색을 또렷하게 각출하고 조선의 본성을 고스란히 성출하고, 조선의 실정을 날카롭게 묘출하"는 것으로서 시조를 생각하고 있었다. 그는 "우리가 아직까지 조선 신문단은 정당한 길을 잡지 못하였다고 봄은 요컨대 조선적으로는 한걸음도 내어놓지 못하였음을 의미함이요"라고 했듯이 시조는 단지 과거로의 복귀가 아니라 새로운 문학운동의 기수이자 새로운 신천지로 나아가는 것으로서 인식되었다. 그가 『백팔번뇌』 서문에서 자신에게 있는 조그마한 세계 또는 '獨自의 내면생활'이라고 말하면서도 '엄숙한 사상의 일 容器'라고 말하게 되는 까닭이 바로 여기에 있다. 그에게 이 시조라는 것은 결국 자신을 살게 할 사상이며 나아가서 우리 민족 전체를 담고 가야할 그릇이었던 것이다.

이 시집은 3부로 나뉘어 있다. 제1부는 「동청나무 그늘」 2부는 「구름 지난 자리」 3부는 「날아드는 잘새」라는 제목으로 되어있다. 제2부는 국토순례의 축문으로 쓴 것이라고 밝혀놓았다. 그의 『백두산근참기』나 『금강예찬』에서 세밀하게 볼 수 있을 이야기들과 사상이 여기 깃들어있다. 즉 그가 『심춘순례』에서 "조선의 국토는 산하 그대로 조선의 역사며 철학이며 시며 정신입니다"라고 했던 것이 이 시집 2부에 그대로 해당한다. 1부가 임에 대한 그리움을 그린 것이라면, 2부는 그 임에 해당하는 국토를 노래했다.

육당의 님은 벽초가 말한대로 조선일까? 그것은 조선심, 조선역사, 조선정신 등 어느 것이라고 해도 마찬가지일 것이다. 그러나 그의 시에서 님은 이러한 관념에 그치지 않고 님을 그리워하는 '나'의 그리움, 그리고 열정의 대상이다. 그 님에 대한 감정 때문에 '나'라는 존재는 내면의 깊이를 얻는다. 이것이야말로 육당이 그 이전의 시들에서는 갖지 못했던 것이다. 그가 계몽주의적인 언설들로 명료하게 제시하고 내뱉었던 말들이 여기에는 없다. '님'이 등장하면서 그의 시에서는 오히려 마치 안개처럼 모든 것이 불명료해보인다. '님'의 얼굴은 뚜렷하지 않고 그 존재는 숨겨져 있음으로써 '나'는 그 부재의 안개에 휩싸인다.

보면은 알련마는
하마 알듯 더 몰라를

나로써 님을 헤니
헤올사록 어긋나를

믿으려 믿을뿐이면
알기구태 차즈랴.

ㅡ「궁거워」 2

　　이처럼 님은 숨겨져 있으며 탐색의 대상이 된다. 그러
나 그 님은 이미 나에게 끈이 닿아있고 여러 가지 흔적
을 남긴 존재이다. "미우면 미울대로/ 살에 들고 뼈에 박
혀"(「궁거워」 7 부분)에서처럼 그것은 내 속에 깊이 박혀
있다. 그러나 그 님은 내 안에서도 확연한 것은 아니다.
"감아서 뵈든 그가/ 뜨는 새에 어대간고"(「안겨서」 2 부
분)에서처럼 그것은 나에게조차 있는 듯 없는 듯한 것이
다. 그것은 가득 찬 것처럼 보이지만 빈 것(「궁거워」 3)이
며, 모가 난 듯하지만 둥글기도 하다(「궁거워」 4). 이렇게
명확하지 않은 대상인 님을 노래하는 것은 막막한 안개
속을 걷는 듯하고, 손에 잡히지 않는 구름을 붙잡는 듯해
서 그것을 읽는 독자들을 미로에 빠뜨리기 쉽다. 따라서
그의 시조를 쉽게 읽을 수는 있지만 명쾌하게 시원한 기

분을 느끼기는 어렵다. 춘원에게 자신의 시조를 읽어주었을 때 육당은 자신의 시에 대한 시원한 찬탄을 기대할 수 없었다. 춘원은 "사뭇 周易이로구료"라고 비평했었다고 하였다. 그 표현은 매우 간단하지만 그 안에 포함된 말이 매우 철학적이어서 알아보기 어렵다는 표현을 그렇게 한 것이다. 나중에 춘원은 이에 대해 "신비주의에 가까울이 만큼 그 생각이 깊고, 상징주의에 가까울이만큼 그 표상이 怪奇하다"라고 하였다. 육당은 이렇게 가장 가까운 사람들에게조차 쉽게 이해될 수 없는 주제를 택했던 것이다.

그의 님은 왜 이렇게 난해한 것이었을까? 마치 신비스러운 상징처럼 그림자처럼 안개처럼 존재한다는 것이야말로 그 당시에 육당이 파악한 님의 실체이다. "봄꽃의 이슬 속에/ 님의 낯을 뵈오리다,// 가을 숲 바람결에/ 님의 소리 들으련만,// 님의 손 보들엄만은/ 어이 만져 보리오."(「어쩔가」, 7)에서처럼 그것은 마치 한용운이 알 듯 말 듯 스쳐가는 바람과 구름 속에서 님의 자취를 읽은 것과도 통한다. 육당은 조선정신에 대해 이야기할 때는 분명하고 정확하며 대담한 어조로 말했지만 시조 속에서 님에 대해 이야기할 때는 그렇지 못하고 오히려 정반대의 모습이 되었다. 조선정신이 그대로 시조의 님이 될 수 없는 이유가 여기 있다. 여기에서 우리는 시라는 것이 도대체 무엇인가 하는 물음에 봉착하게 되기도 한다. 시는 정확한 지식을 요구하는 형식이 아니다. 오히려 그것은 어떤 대상이든 그것을 그 자체의 독립적인 모습으로서가 아니라 전체와 유기적인 관계 속에 놓인 것으로서, 한걸음 더 나아가서 전체 속에 용해된 한 부분으로서 파악할 것을 요구한다. 시에서 한 대상은 이미 한 세계 속의 대상인 것이다. 그것은 그것을 바라보는 사람의 삶과 무관하게 떨어져 독립한 개체가 아니라 그러한 삶의 유기적인 한 부분으로서 존재한다. 그의 조선정신은 시 속에서 불투명한 깊이 속으로 떨어져 내리는데 그것은 그 당시 육당을 비롯한 많은 사람들의 삶 속에서 그리고 당시 그들이 처했던 세계 속에서 조선정신이 그렇게 불투명하게 가라앉아 있었기 때문이다. 따라서 그의 님은 이렇게 '멀어져 버린 것으로서의 님'이다. 그리운 님에 대한 추억 그리고 회상을 넘어서서 그의 시는 님을 더욱 숭고한 존재로 파악하는 것, 부재하지만 그의 입김이나 그의 광대한 사랑 속에 나의 거처를 마련하는 것이다. 그것은 결국에는 그의 부재를 확인하고 그 속에서 멀리에 그 님과 만남을 상정하면서 살아가도록 한다는 것이다. 지금 여기에서의 삶을 그 먼 미래에의 다리로 만들어가는 것이 그의 시편들이다. 그의 님은 세계 위에 괴인 거룩한 솥(「강서 삼묘에서」)인데 왜냐하면 그것으로서 우리는 먹고 살아가야 하는 것이기 때문이다. 그의 시조는 우리 자신의 주체적 정신을 잃어가는 것에 대한 슬픔과 번뇌의 형식에서 나온 것이다. 그는 시조의 형식을 혁신하거나 파괴하지 않고 그러한 번뇌를 표출하였는데 그것은 시조의 형식 자체가 님을 숨긴 것이기 때문이다. 님의 체취이며 님의 멀어진 형상이며 부서져가는 우리의 얼굴이었기 때문이다. 그리고 그것은 그 당대에 그 사라져가는 옛 자취들을 비춰볼 수 있는 가장 서정적인 거울이기도 하였다. 그는 자신의 한숨과 그리움을 이 낡은 거울, 과거의 유물로서 남은 이 거울에 비춰내서 서글프게 노래하고자 했다. 그러나 그러한 서글픔 속에는 강렬한 열정이 숨쉬고 있었으며 그러한 것들을 사라지게 한 것들에 대한 강력한 비판이 숨겨져 있었다는 것에 대해서도 알아야 할 것이다.

최남선 연보

1890년 서울 출생.

1904년 동경부립제일중학(東京府立第一中學)에 입학했으나 2개월 만에 귀국.

1906년 와세다대학 고등사범 지리역사학과에 입학.

1908년 종합 월간지 『소년』 창간, 최초의 신체시 「해에게서 소년에게」 발표.

1909년 안창호와 함께 청년학우회 설립위원.

1910년 광문회(光文會) 창립.

1913년 『훈몽자회』, 『가곡선』 간행.

1914년 종합월간지 『청춘』 간행.

1919년 3 · 1 운동시 독립선언문의 기초 책임자로 체포, 다음 해 출옥.

1921년 『개벽』에 첫 시조 「기쁜 보람」 발표.

1922년 출판사 동명사를 세우고 『동명』 발간.

1926년 최초로 개인 시조집 『백팔번뇌』 간행.
        시조부흥의 이론적 토대가 된 「조선국민문학으로서의 시조」 등 이론 발표.
        수필집 『백두산 근참기』, 『심춘순례』 간행.

1928년 고시조선집 『시조유취』 간행.

1938년 만주 신경(新京)으로 가 『만몽일보』의 고문 역임.

1939년 『고사통』간행.

1943년 『삼국유사』간행.

1946년 『조선독립운동사』간행.

1947년 『조선상식문답』간행.

1949년 해방 후 친일반민족행위로 기소, 수감 후 병 보석으로
출감.

1957년 사망.

참고문헌

이광수, 「육당 최남선론」, 『조선문단』 6호, 1925. 3.

이은상, 「육당의 제1 시조집 '百八煩惱'를 읽고」, 『동아일보』, 1927. 2. 8~2. 13.

김동인, 「육당의 '百八煩惱'를 봄」, 『조선문단』 20호, 1927. 3.

정태용, 「현대시인 연구-육당과 춘원」, 『현대문학』 3권 3호, 1957. 3.

조연현, 「故 육당 최남선의 선구적 공적-한국 현대문화 건설에 찬연한 그의 업적을 논함」, 『자유신문』, 1957. 10. 13~10. 18.

홍효인, 「육당 최남선론」, 『현대문학』 5권 6호, 1959. 6.

박종화, 「육당의 조선심(朝鮮心)과 신문학」, 『현대문학』 70호, 1960. 10.

홍일식, 「최남선연구-그의 사상과 문학을 중심으로」, 고려대 대학원, 1964. 1. 20.

임선숙, 「육당의 시상과 문학일반」, 『단국대 동양학』 3집, 1973. 11.

김동리, 「서평-육당의 '百八煩惱'」, 『광장』 17호, 1974. 10.

임종찬, 「육당 시조의 성격-시조문학사상의 위치」, 부산대 석사, 1977. 2.

신동욱, 『최남선과 이광수의 문학』(한국문학연구총서 2), 새문사, 1982.

박철석, 「한국 근대시의 일본시 영향 연구(상)-육당, 춘원, 김억, 주요한을 중심으로」, 『현대시학』, 1986. 7~8.

이형기, 「육당의 시와 일본 신채시—영향관계와 장르론적 고찰」, 『시원김희동박사회갑기념논문집』, 1986. 11. 29.

강명혜, 「1920년대 한국시의 두 양상연구—최남선과 주요한을 중심으로」, 『강원대어문학보』 10호, 1986. 12. 31.

윤석정, 「백팔번뇌의 '님'」, 『동국대동경어문론집』 2호, 1986. 12. 31.

강현국, 「육당 시의 상상력의 문제—바다 이미지를 중심으로」, 『대구교대논문집』 22호, 1987. 5.

김 송, 「내가 만난 육당 최남선」, 『동서문학』 167호, 1988. 6.

원용문, 「육당 최남선론」, 『교원대한국어문교육』 1호, 1990. 10.